AF349649

DISCOURS

PRONONCÉS

DANS L'ACADÉMIE

FRANÇOISE,

LE JEUDI 22 JANVIER 1767,

A LA RÉCEPTION

DE M. THOMAS.

A PARIS,

Chez REGNARD, Imprimeur de l'Académie
Françoise, Grand'Salle du Palais, à la
Providence, & rue basse des Ursins.

____

M. DCC. LXVII.

M. Thomas *ayant été élu par Messieurs de l'Académie Françoise, à la place de* M. Hardion, *y vint prendre séance le Jeudi 22 Janvier 1767, & prononça le Discours qui suit.*

Messieurs,

La plûpart de ceux que vos suffrages ont appelés parmi vous, vous ont apporté des titres pour ainsi dire étrangers. En adoptant ces Hommes célèbres, vous fixiez leur réputation, mais vous ne l'aviez point fait naître. Pour moi je m'honore de n'apporter ici que des titres que je vous dois. Je suis votre ouvrage, Messieurs. S'il m'étoit permis un jour d'aspirer à quelque gloire, c'est vous qui m'en avez ouvert la route. Mon œil reconnoît les lieux où vos suffrages ont encouragé ma jeuneſſe. Mon cœur, avec plus de tranſport, reconnoît parmi vous, ceux qui m'ont dirigé par leurs conſeils & qui m'honorent de leur amitié. Vous récompenſez donc en moi vos propres bien-faits, MESSIEURS; & je reſſemble à ces Soldats Romains, qui, pour obtenir un nouveau grade dans les armées, offroient aux Généraux, pour gage de leur valeur, les javelots & les couronnes que ces Généraux même leur avoient plus d'une fois donnés ſur les champs de bataille.

Le premier devoir qu'impoſent les bienfaits, c'eſt de s'en rendre digne. Mon zèle ſera le garant de ma reconnoiſſance. Aſſocié à vos Aſſemblées, MESSIEURS, j'obſerverai de plus près votre génie. A votre exemple, je tacherai de rendre mes travaux utiles; car vous penſez que les talens ne ſont rien s'ils ne ſervent au bonheur de l'hu-manité. Permettez-moi de m'arrêter ſur cet objet. Je vais conſidérer un moment avec vous l'Homme de Lettres comme Citoyen. Dans un ſujet ſi éten-du, je ne choiſirai que quelques idées; je parle devant vous, MESSIEURS; & le ſouvenir de tout ce que vous avez fait, ſuppléera à tout ce que je ne pourrai dire.

Au moment où l'Homme eſt éclairé par la rai-ſon, quand ſes lumières commencent à ſe joindre à ſes forces, & que l'ouvrage de la Nature eſt achevé, la Patrie s'en empare; elle demande à

(5)

chaque Citoyen, que feras-tu pour moi? Le Guerrier dit, je te donnerai mon fang; le Magiſtrat, je défendrai tes Loix; le Miniſtre de la Religion, je veillerai ſur tes Autels; un Peuple nombreux, du milieu de ateliers & des campagnes, crie, je me dévoue à tes befoins, je te donne mes bras; l'Homme de Lettres dit, je confacre ma vie à la vérité, j'oſerai te la dire. La vérité eſt un befoin de l'homme; elle eſt furtout un befoin des États. Tout abus naît d'une erreur. Tout crime, ou particulier ou public, n'eſt qu'un faux calcul de l'efprit. Il y a un degré de connoiſſances où le bien feroit inévitable. Pour hâter ce moment, il faut hâter les lumières. Ceux qui gouvernent les hommes, ne peuvent en même temps les éclairer. Occupés à agir, un grand mouvement les entraîne, & leur ame n'a pas le temps de s'arrêter ſur elle-même. On a donc établi, on a protégé par-tout une claſſe d'Hommes dont l'état eſt de jouir en paix de leur penſée, & le devoir de la rendre active pour le bien public; des Hommes qui, féparés de la foule, ramaſſent les lumières des pays & des fiècles, & dont les idées doivent, ſur tous les grands objets, repréſenter pour ainſi dire à la Patrie les idées de l'efpèce humaine entière. Voilà, MESSIEURS, la fonction de l'Homme de Lettres Citoyen. L'utilité en fait la grandeur. Elle demande un génie profond, une ame élevée, un courage intrépide. Elle suppose un sentiment plus tendre & la vertu la plus digne de l'homme, le défir du bonheur des hommes. J'aime à me peindre ce Citoyen généreux méditant dans fon cabinet folitaire. La Patrie eft à fes côtés. La juftice & l'humanité font devant lui. Les fantômes des malheureux l'environnent; la pitié l'agite, & des larmes coulent de fes yeux. Alors il apperçoit de loin le Puiffant & le Riche. Dans fon obfcurité, il leur envie le privilége qu'ils ont de pouvoir diminuer les maux de la terre. Et moi, dit-il, je n'ai rien pour les foulager; je n'ai que ma penfée; ah! du moins rendons-la utile aux malheureux. Auffitôt fes idées fe précipitent en foule; & fon ame fe répand au dehors.

Il peint les infortunés qui gémiffent. Il attaque les erreurs, fource de tous les maux. Il entreprend de diriger les opinions. Il s'élève contre les préjugés, non pas contre ces préjugés utiles qui ont fait quelquefois la grandeur des Peuples, & qui font un reffort pour la vertu, mais contre ces préjugés honteux qui, fans élever l'ame, rétréciffent la raifon, & afferviffent l'efprit humain pendant des fiècles à des erreurs héréditaires. Il remue ces ames indolentes & froides, qui, gouvernées par l'habitude, n'ont jamais fait un pas qui n'ait été tracé, qui ne connnoiffent que des uſages & jamais des principes, pour qui c’eſt une raiſon de plus de faire le mal, lorſqu’il ſe fait depuis des ſiècles. Il combat cette prévention contre les nouveautés utiles, cette ſuperſtition politique qui s’attache invinciblement à tout ce qui n’a que le mérite d’être ancien, & proſcrit le bien même qui ne s’eſt pas encore fait. Citoyens, leur dit-il, tout ſe perfectionne par le temps : le temps ſoulève lentement le voile qui couvre les vérités. Il en laiſſe échapper une ou deux pour chaque ſiècle. Voulez-vous repouſſer les préſens qu’il fait à l’homme ? Voulez-vous dé-truire le plan de la Nature ? Les mœurs changent. Les beſoins d’un ſiècle ne ſont pas ceux d’un autre. Oſez donc admettre tout ce qui ſera utile. Que parlez-vous de nouveauté ? Tout ce qui eſt bon eſt de tous les âges : tout ce qui eſt vrai eſt éternel.

Tels ſont les ſentimens & les vœux de l’Homme de Lettres Citoyen. Tous ceux qui comme lui ſont animés du même zèle, travailleront ſur le même plan. Chaque partie des travaux littéraires correſpondra à une partie des travaux politiques. L’Homme d’État a beſoin de l’expérience des ſiècles : que parmi les Gens de Lettres, il y en ait donc qui s’appliquent à l’Hiſtoire, mais qu’ils vous imitent, Messieurs ; qu’ils ne ſe traînent pas ſur des événemens ſtériles ; qu’ils offrent le tableau raisonné des Gouvernemens & des Nations. Qu'ils fixent ces grandes époques qui sont comme des hauteurs d'où l'on découvre une vaste, étendue de faits enchaînés l'un à l'autre. Qu'ils nous expliquent comment une seule idée d'un Homme de génie a quelquefois changé un siècle. La Législation occupe l'Homme d'État. Quel sera l'Homme de Lettres digne de le précéder ou de le suivre ? S'il en est un, qu'il se livre à l'étude des Loix. Qu'il y porte cet esprit étendu & libre, qui ne voit rien par les préjugés, & cherche tout dans la Nature, qui s'élève au-dessus de tout ce qui est, pour voir tout ce qui doit être, qui dans chaque cause voit les effets, dans chaque partie l'ensemble, dans le bien même les abus. Qu'il cherche comment on peut rendre les Loix simples à la fois & profondes, leur donner du poids contre la mobilité du temps, leur imprimer sur-tout ce caractère d'unité qui fait tout partir d'un principe, dirige tout à un but, de toutes les Loix ne fait qu'une Loi. Tandis qu'il méditera sur la Législation, que d'autres creusent les fondemens de la morale, de la politique, de la science du commerce, de celle des finances ; qu'ils cherchent dans les sillons & les trésors des Princes, & la grandeur des Peuples. Ainsi les idées se multiplient ; & de toutes les lumières dispersées, il se forme une masse générale de lumières.

Alors vient l'Homme d'État : il defcend de la hauteur où il eft placé, & promène fes regards fur ce vafte dépôt des connoiffances publiques. C'eft le génie qui éclaire, mais ce font les ames fortes qui gouvernent. Le Philofophe, par fa vie obfcure, doit mieux juger les chofes que les hommes. L'Homme d'État exercé par les événemens, accoutumé à voir les projets fe choquer contre les paffions, à fentir les réfiftances, à trouver des grains de fable qui arrêtent les mouvemens d'une roue, occupé tantôt de réfultats qu'on ne peut bien voir que d'où il eft, tantôt de détails que l'homme qui médite ne devine point, l'Homme d'État feul choifira dans la foule immenfe des idées tout ce qui peut s'appliquer aux befoins du Gouvernement & de la Patrie.

La gloire de l'Homme qui écrit, MESSIEURS, eft donc de préparer des matériaux utiles à l'Homme qui gouverne. Il fait plus ; en rendant les Peuples éclairés, il rend l'autorité plus sûre. Tous les temps d'ignorance ont été des temps de férocité. L'empire de celui qui commande, n'eft alors que l'empire de la force. Alors il fe fait un choc continuel d'un feul contre tous. C'eft alors que le fang coule, que les Trônes fe renverfent, que des pouvoirs rivaux s'élèvent. C'eft alors le temps des grandes impoftures qui trompent les Nations & les Siècles, des maximes qui arment les Peuples contre les Rois, & les Rois contre les Peuples. Alors on ne connoît ni les fondemens des Loix, ni les rapports de la Nation avec le Souverain, ni le bien, ni le mal, ni le remède, ni l'abus. Le Peuple infenfé & barbare eft à chaque inftant prêt à égorger l'Homme d'État qui veut lui être utile, & qui ofe lui préfenter un bien qu'il ne conçoit pas. O vous qui calomniez les lumières, voilà le tableau de l'ignorance. Mais chez un Peuple éclairé, la force du pouvoir n'eft pas dans le pouvoir même ; elle eft dans l'ame de celui à qui l'on commande. Plus on connoît la fource de l'autorité & plus on la refpecte. On adore dans la Loi, la volonté générale. On fe foumet à des conventions d'où doit naître le bonheur. L'homme altier fait qu'en obéiffant il facrifie une portion de fa liberté pour conferver l'autre ; l'homme avare, que l'impôt qu'il paye eft le garant de fa propriété ; l'homme robufte & méchant, qu'il ne feroit plus que foible & malheureux, s'il ne mettoit fes forces en dépôt dans la maffe publique. Les lumières apprennent qu'il n'y a dans l'État qu'une Loi, qu'une force, qu'un pouvoir ; elles adouciffent les mœurs, & ôtent aux ames cette activité inquiéte & féroce, qui ofe tout parce qu'elle ne prévoit rien.

Auffi, MESSIEURS, les grands Hommes d'État ont-ils toujours protégé la Philofophie & les Lettres. Ils ont regardé comme le bienfaiteur de la Patrie, le Citoyen qui contribuoit à étendre les connoissances. Mais je ne puis le dissimuler, Messieurs, cet état si noble a ses dangers. La vérité ressemble à cet élément utile & terrible qu'il faut manier avec prudence, qui éclaire, mais qui embrase, & qui peut dévorer celui même qui ne s'en sert que pour le bien public. Le jeune Homme vertueux & simple, & dont le cœur honnête conserve encore toutes les illusions du premier âge, croit imprudemment qu'il est toujours permis d'être utile, & se livre sans défiance au doux sentiment qui l'entraîne. Souvent même la vérité lui inspire une ardeur généreuse. Alors l'enthousiasme s'empare de son ame ; ses idées s'élèvent ; ses expressions s'animent ; il croit pouvoir mener la vérité en triomphe, & briser les barrières qui se trouvent sur son passage. Vaine erreur d'un cœur séduit ! Tout s'arme ; les passions s'irritent, l'orgueil menace, l'intérêt combat, l'envie s'éveille, la calomnie accourt ; alors la vérité s'enfuit, & ne laisse dans le cœur flétri de celui qui l'annonçoit, que le sentiment triste & profond de son imprudence & du malheur des hommes. Pour l'intérêt de la vérité même, il faut l'annoncer sans fanatisme, comme sans foiblesse. Que son langage soit donc simple & touchant comme elle. Qu'elle ne cherche point à étonner ; qu'elle ne parle point aux hommes avec empire ; qu'elle n'insulte pas même avec

dédain aux erreurs qu'elle combat. Elle a déja
affez de tort d'être la vérité ; qu'à force de douceur elle mérite qu'on lui pardonne. Qu'elle fe
défende fur-tout de cette impatience du bien ,
qui en eft la plus dangereufe ennemie. Regardons
la Nature. Rien ne s'y fait par fecouffès , ni par
des fermentations précipitées. Tout fe prépare en
filence. Tout fe mûrit par des progrès infenfibles
& lents. Ainfi la vérité agit. Jettée au milieu d'un
Peuple, elle y travaille d'abord en fecret. Elle
mine fourdement les opinions. Elle fe gliffe à travers les préjugés. Elle s'infinue comme les eaux
qui fe filtrent fans être apperçues , & dépofent
lentement à travers le limon , les germes de fé-
condité qu'elles portent. Un jour viendra que toutes ces eaux éparfes & fouterraines pourront enfin fe raffembler , & rouleront avec bruit fur la
terre. Que dis-je ? un jour viendra peut-être où de
tous les points de l'Univers les hommes réuniront
leurs travaux , & où toute la force de l'entende-
ment humain développé fera par-tout appliquée
au grand art des Sociétés. Quel fpeɛtacle préfen-
teroit alors le globe de la terre ! L'Amérique ,
l'Afrique & l'Afie éclairées comme l'Europe, toutes les Villes floriffantes, toutes les Campagnes
fécondes, les deferts peuplés, les Gouvernemens
fages, les Peuples libres, les Chefs heureux du
bonheur de tous , le concert & l'harmonie admi-

table de tout le genre humain, & la terre digne enfin des regards de Dieu. O douce & sublime espérance ! O la plus touchante des illusions ! Quoi, cette idée si consolante ne seroit - elle donc qu'un vain songe ? Quoi, seroit-il donc vrai que par une loi éternelle l'ignorance dût toujours couvrir une partie de la terre, semblable à la mer qui fait lentement le tour du globe, & qui à mesure qu'elle se retire & découvre à l'œil de nouveaux pays, inonde & engloutit successivement les anciens ? Si tel est le malheur de l'humanité ; si l'Écrivain dans ses travaux ne peut se proposer un but si vaste, il en est un du moins qu'il ne perdra jamais de vue, c'est le bonheur de sa Nation, c'est la gloire d'étendre les lumières dans son Pays, en perfectionnant les mœurs.

Différentes causes, Messieurs, agissent continuellement sur les mœurs des Peuples ; le Gouvernement qui donne une impulsion générale ; les Loix qui en servant de frein, dirigent les habitudes ; l'exemple des Chefs, espèce de législation fondée sur la foiblesse & l'intérêt ; le commerce qui mêle les Nations & les vices ; le climat, force toujours active & toujours cachée ; enfin le plus puissant des ressorts, la Religion qui pénètre où les Loix ne vont pas, juge la pensée, éternise dans l'idée de Dieu le bien comme le mal. Mais chez une Nation où le goût des Lettres est répandu,

l'efprit général de ceux qui l'éclairent, peut &
doit auffi influer fur la partie morale.

Il eft fur-tout, il eft un pouvoir qui diftingue
l'Homme de génie & le grand Écrivain, c'eft celui
d'attacher fon ame à fes Écrits, de peindre fa penfée avec ces expreffions brûlantes qui font le langage de la perfuafion & le cri de la vérité : alors
le fentiment qu'il a fe communique ; il pénètre, il
embrafe ; le cœur palpite, les traits changent, les
larment coulent ; l'ame portée hors d'elle-même
ne fent, ne vit, n'exifte plus que dans l'ame de
l'Écrivain qui l'anime & qui lui dicte avec empire
tous fes mouvemens. Quel ufage, MESSIEURS,
fera-t-il d'un pouvoir fi noble & prefque divin ?
La vertu le réclame. Elle parle à fon cœur. Elle
lui dit : ton génie m'appartient. C'eft pour moi
que la Nature te fit ce préfent immortel. Étends
mon empire fur la terre. Que l'Homme coupable
ne puiffe te lire fans être tourmenté ; que tes Ouvrages le fatiguent ; qu'ils aillent dans fon cœur
remuer le remords ; mais que l'Homme vertueux,
en te lifant, éprouve un charme fecret qui le con-
fole. Que Caton prêt à mourir, que Socrate bu-
vant la cigue te lifent, & pardonnent à l'injuftice
des Hommes.

Docile à cette voix, MESSIEURS, fon cœur en-
flamé tracera tous les devoirs que la nature & la
morale nous impofent. Heureux qui pour les pein-

dre, n'a qu'à defcendre dans fon cœur ! Heureux l'Écrivain qui dans la douceur de la vie domefti-que peut épurer fon ame, dont la maifon eft le fanctuaire de la Nature ; qui tous les jours peut ai-mer ce qu'il honore ; qui tous les jours peut fer-rer dans fes bras une mère qui répond à fes ça-reffes, & dont la vieilleffe adorée n'offre aux yeux du fils qui la contemple, que l'image des vertus & le fouvenir attendriffant des bienfaits ! C'eft par-mi des devoirs fi tendres, que fon ame fe forme aux devoirs fublimes de Citoyen. C'eft-là qu'il apprend à écrire pour fon Pays. Malheur aux Ecri-vains mercénaires qui trahiroient la caufe de la Patrie & de l'humanité ! Malheur fur-tout à ceux qui aviliroient les ames ! Ils feroient les lâches com-plices de la corruption de leur Siècle. L'amour des Loix, la fainteté de la Juftice, le zèle éclairé dans les Magiftrats, les dévouemens généreux dans la Nobleffe, voilà les objets dignes d'être préfentés à la Nation. Ainfi Démofthène troublant le fom-meil de fes Concitoyens, les rappeloit fans ceffe à leur ancienne grandeur. Il eft vrai que le poifon fut fa récompenfe ; mais il n'eût point mérité la gloire d'avoir retardé la chute de fa Patrie, fi en mourant il n'eût remercié les Dieux.

Parmi nous, MESSIEURS, & par la conftitution de l'État, l'Homme de Lettres n'eft point appelé à difcuter de grands intérêts en préfence des Peuples. Il ne parle point aux Citoyens affemblés. Il ne peut confier fon ame qu'à des Écrits, interprètes muets de fes fentimens. Il faut donc qu'un but moral anime tous fes Ouvrages. Il faut que ceux même qui paroiffent n'avoir d'autre objet que l'agrément, parlent encore à la raifon, & que le plaifir même paye un tribut à l'utilité publique. C'eft par-là, MESSIEURS, que le théâtre bien dirigé pourroit avoir la plus grande influence fur le caractère moral des Nations. C'eft-là que le fentiment fe communique par des fecouffes promptes & rapides, & que les impreffions profondes qu'on reçoit fe fortifient encore par le nombre de ceux qui les partagent; femblables aux flots de la mer, qui précipités par l'orage, pèfent les uns fur les autres.

L'Hiftoire, par des moyens différens, produira encore les mêmes effets. L'Hiftoire eft un appel que la vertu fait à la poftérité. L'Hiftorien prononce les jugemens de l'Univers, non plus de l'Univers foible & corrompu, de l'Univers efclave, mais de l'Univers libre & jufte pour qui tout difparoît hors la vérité. Qu'après avoir flétri les vices, fon cœur vienne fe repofer fur la touchante image des vertus. Ainfi Tacite peignoit Burrhus à côté de Néron : ainfi fatigué de malheurs & de crimes, las de peindre ou des tyrans ou des efclaves, il réfervoit pour le charme & la confolation de fa vieilleffe leſſe l'heureux tableau des vertus de Trajan. Ainſi parmi vous, MESSIEURS, ceux qui tranſmettront à la poſtérité les événemens de ce Règne, aimeront à s'arrêter ſur l'ame de votre auguſte Protecteur. Dans un Roi ils peindront un Homme ; ils peindront la ſenſibilité dans la grandeur, l'humanité dans la toute puiſſance, l'amitié même ſur le Trône. Ils peindront cette bonté qui repouſſe la crainte, & ne laiſſe approcher que l'amour, ces détails de bienfaiſance pour tous ceux qui l'entourent, beſoins toujours nouveaux d'un cœur toujours ſenſible. Ils feront voir cette humanité appliquée aux Peuples dans ces criſes violentes où les États ſe heurtent & ſe choquent ; le Chef d'une Nation guerrière, ami de la paix ; un Roi ennemi de cette fauſſe gloire qui ſéduit tous les Rois ; dans les guerres néceſſaires, le calcul du ſang des hommes mis à côté des eſpérances & des projets ; dans un jour de triomphe, les larmes d'un vainqueur ſur le champ de bataille ; dans la paix, l'agriculture encouragée, le Laboureur levant ſa tête affoiblie, oſant enfin regarder la richeſſe, & l'or englouti trop long-temps par les artiſans du luxe, refluant par le commerce des grains vers la cabane & les ſillons du Pauvre.

Ces détails de la bonté des Rois intéreſſeront toujours l'Homme de Lettres Citoyen, qui aura le bonheur de les peindre. Quel état, MESSIEURS,

B

que celui où par devoir on doit être toujours l'in-
terprête de la morale & de la vertu! Mais pour
être digne de la peindre, il faut la sentir. Le vé-
ritable Homme de Lettres est donc vertueux. Son
ame est pure, sa probité austère. Tout ce qui agite
les autres hommes, n'a point d'empire sur lui. Il
ne court point après les récompenses ; la sienne
est dans son cœur. Si les richesses s'offrent à lui,
il s'honore par leur usage ; si elles s'éloignent, il
s'honore par sa pauvreté. Souvent même il dédaigne la fortune qui le cherche. Un Roi * appelle
Socrate à sa Cour ; & Socrate reste pauvre dans
Athènes. Dans le monde, simple & sans faste, il
parlera aux hommes sans les flatter comme sans
les craindre. Il ne séparera point le respect qu'il
doit aux titres, du respect que tout homme se
doit. Il sait que la dignité des rangs est à un
petit nombre de Citoyens, mais que la dignité
de l'ame est à tout le monde, que la première
dégrade l'homme qui n'a qu'elle, que la secon-
de élève l'homme à qui tout le reste manque.
Si la fortune lui donne un bienfaiteur, il remer-
ciera le Ciel d'avoir un devoir de plus à remplir.
A ses ennemis il opposera le courage & la douceur, à l'envie le développement de ses talens,
à la satire le silence, aux calomniateurs sa vertu.

---

* Archelaüs, Roi de Macédoine.

La vertu dans un cœur noble se nourrit par la liberté. Il sera donc libre ; & sa liberté sera de n'obéir qu'à l'honneur, de ne craindre que les Loix.

Ces sentimens sont les vôtres, MESSIEURS ; c'étoient ceux de l'Académicien estimable à qui j'ai l'honneur de succéder. A la Cour où l'Homme de Lettres est quelquefois si déplacé, il fut toujours ce qu'il dût être. Renfermé dans ses travaux, il vécut sans intrigue. Il se tint à une égale distance & de la fierté qui peut nuire, & de la bassesse qui avilit. Il crut comme vous que les connoissances ne devoient servir qu'à orner la probité, que la gloire des mœurs est encore préférable à celle des talens, que le génie peut-être a droit d'étonner les hommes, mais que la vertu seule a droit à leurs hommages. Nourri de la lecture des Anciens, il y avoit puisé ce goût moral aussi nécessaire à l'Écrivain qu'à l'homme, & cette simplicité antique si louée de nos pères, dont nous parlons encore, mais que nous ne sentons plus, & que notre luxe peut-être n'a pas moins éloignée de nos écrits que de nos mœurs. Ce fut cette sagesse de caractère qui lui mérita l'honneur d'instruire des Personnes Royales, en achevant de cultiver leur esprit par le goût & leur raison par l'Histoire. Par cet honorable emploi, MESSIEURS, l'Homme de Lettres s'acquitta envers la Patrie des devoirs de Citoyen ;

B ij

car si les lumières sont utiles aux États, c'est servir la Patrie que de répandre le goût des connoissances autour des Trônes. Peut - être même
l'exemple des augustes Princesses auxquelles il
eut le bonheur de rendre ses travaux utiles, a
contribué parmi nous à dissiper en partie ce préjugé barbare qui défendoit à la plus belle moitié
du genre humain de s'éclairer. Peut-être c'est à
elles que nous devons en partie l'usage qui com-
mence à s'établir de rapprocher par l'éducation,
des ames qui se ressemblent par leur nature ; usage
que le préjugé combat encore, mais que la
raison autorise, & qui multipliera parmi nous le
nombre de ces femmes instruites sans vanité comme sans faste, qui font aimer la raison qu'elles
embellissent, & joignent le doux empire des lumières à l'empire non moins touchant de la
beauté & des mœurs. C'est dans ces vues si sages,
MESSIEURS, c'est en même temps pour obéir à
des Princesses dignes de s'instruire, que mon Pré-
décesseur a composé le plus grand nombre de ses
ouvrages. C'est pour elles qu'il a tracé ce tableau
de la Mythologie ancienne ; objet intéressant pour
le Philosophe même, parce que sous le voile des
allégories & des fictions, il y retrouve le berceau
du monde, l'invention des arts, l'origine des opinions, l'esquisse, pour ainsi dire, des premiers
traits gravés dans les ames humaines, & dont

plusieurs ne sont point encore effacés par les siècles. C'est dans les mêmes vues qu'il entreprit de tracer un tableau plus étendu & plus vaste, celui d'une histoire universelle qui devoit embrasser toute la suite du genre humain, depuis la naissance du monde jusqu'à nous ; tableau immense où tout ce qui a existé dans tous les points de l'espace, se presse sous un seul de nos regards, où nous tenons à la fois dans nos mains les deux extrémités de la chaîne du temps, où un seul homme voit d'un clin d'œil les États s'élever, se choquer & tomber, où l'on ne marche qu'au bruit de la chute des Empires. M. Hardion, MESSIEURS, dans tous ces ouvrages utiles, se défendit avec sévérité tout ornement. Il vouloit que les mots ne fussent que l'expression & jamais la parure de la pensée. Son style eut la modestie de sa personne. Il sut se défendre, & de cette espèce de force qui trop souvent touche à l'excès, & de cette rapidité qui, en pressant trop les objets, les confond, & de cette finesse qui supprime trop d'idées intermédiaires pour en faire deviner d'autres, & de cette profondeur pénible qui affecte d'enfermer dans une pensée le germe de vingt pensées. Il s'élevoit sur-tout contre ce luxe de l'esprit qui n'aime à jouir de ses richesses, qu'en les prodiguant. Dans ce siècle, il eut le courage de la simplicité. Il fut sage, voilà son caractère ; il voulut être utile , voilà fa gloire.

C'eft cette idée d'utilité, MESSIEURS, que ne perdront jamais de vue tous ceux qui auront l'honneur d'être admis parmi vous. C'eft elle qui préfida à votre établiffement. Votre inftitution fut prefque une inftitution politique. Richelieu, après avoir refferré l'Efpagne, abaiffé l'Autriche, ébranlé l'Angleterre, raffermi la France , vit qu'il ne manquoit plus à la grandeur de fa Nation que les lumières ; il vous fonda, MESSIEURS. Peut-être cette ame altière & grande, & qui avoit le befoin de commander aux hommes, fentant que le fardeau de l'État échappoit à fes mains affoiblies , fut elle flattée en fecret de l'idée de diriger encore les efprits, quand il ne feroit plus. Après lui c'eft le Chef de la Magiftrature qui vous adopte, & qui place les Lettres à côté des Loix , tout près du Sanctuaire de la Juftice. Enfin je vous vois adoptés par le Chef fuprême de l'État, par ce Roi dont toutes les vues furent élevées , qui à de grands événemens méla toujours un grand caractère, qui par fes fuccès fit la gloire de fon pays, qui par fes revers fit la fienne ; plus grand fans doute lorfqu'en mourant il avouoit fes fautes, que lorfque fes flatteurs & fon fiècle l'enivroient d'éloges qu'il eût tous mérités peut-être, s'il n'avoit eu le malheur de les entendre. Ces noms fameux nous rappellent nos devoirs. Un grand

Homme d'État pour Fondateur, nous avertit que les Lettres doivent être utiles à l'État, le souvenir du Chancelier Seguier, que l'harmonie doit régner entre les Lettres & les Loix, le nom des Rois pour Protecteurs, que distingués comme Citoyens, nous devons l'exemple du zèle à la Patrie.

Si je jette les yeux sur vos fastes, MESSIEURS, je retrouve dans tous les temps parmi vous, cet Esprit de vos Fondateurs. Je vois que tous vos grands Hommes ont été utiles. A leur tête je vois ce Corneille qui ouvrit au génie une école de politique, & à l'ame une école de grandeur ; Bossuet qui instruisoit les Rois & qui en étoit digne ; Fénelon qui le premier à la Cour osa parler des Peuples. Plus près de vous, MESSIEURS, je vois cet Homme célèbre, qui fut votre Confrère & votre ami, le Législateur des Nations, & dont le livre bien médité peut-être pourroit retarder la chute des États. Au milieu de vous & dans cette Assemblée, je trouve le même usage des mêmes talens ; l'Histoire qui parle encore aux Peuples & aux Rois ; la Philosophie tranquille & sage qui fait le dénombrement des vérités & qui en crée de nouvelles ; les orages des grandes passions mis sur le théâtre à côté de nos ridicules ; nos mœurs peintes ; nos devoirs ou discutés avec profondeur, ou déguisés sous des fictions riantes ;

B iv

les arts embellis par le charme des vers; les principes du goût analyſés ; le tableau immenſe de
la Nature tracé ; l'art de communiquer la penſée
par la parole, perfectionné ; l'éloquence aux pieds
des Autels & dans les Tribunaux ; les Lettres
conſacrées à la politique, à la guerre, aux intérêts d'État, à l'éducation des Princes ; & ſur
votre liſte, MESSIEURS, un homme qui, du
fond de ſa retraite, ſera toujours, par ſon grand
nom, préſent parmi vous, qui le premier a mis
ſur notre théâtre la morale ſenſible, comme Corneille y avoit mis la morale raiſonnée, qui n'a
employé l'art des Homères que pour combattre
la tyrannie & la révolte, & dont preſque tous
les ouvrages ne ſont que le cri d'une ame ſenſible
& forte qui réclame par-tout pour le bonheur
des hommes, la ſûreté des Rois & la tranquillité
des États.

Attirés par votre gloire, MESSIEURS, les
titres viennent ſe placer parmi vous à côté des
Lettres. Je vois les premiers Hommes de l'État
& de l'Egliſe ſatisfaits ici de l'honneur d'être
vos égaux. Je vois dans ce moment à votre tête
l'héritier d'un grand nom, & dont l'éloge eſt dans
le cœur de tous ceux qui m'environnent.

Pour moi, MESSIEURS, dernier Citoyen de
cette illuſtre République, je n'apporte ici aucun
de ces grands talens qui vous honorent. Je n'ai

à me vanter à vos yeux d'aucun ouvrage qui ait influé fur mon pays & fur mon fiècle. Je ne fongerai même jamais à vous difputer cette gloire; elle eft trop au-deffus de ma foibleffe. Mais il en eft une que j'oferai partager avec vous; c'eft celle de la vertu & des mœurs; c'eft de ne rien faire, c'eft de ne rien écrire dans le cours de ma vie, qui ne puiffe m'honorer à vos yeux & à ceux de mes Compatriotes. Voilà mon premier ferment, MESSIEURS, en entrant dans cette illuftre Compagnie. Si j'y manque un inftant, puiffe ce Difcours que je viens de prononcer de-vant vous, & qui eft l'interprète le plus fidèle des fentimens de mon ame, s'élever contre moi & m'accufer aux yeux de mon fiècle & de la poftérité.

Réponse de M. le Prince Louis de Rohan, Coadjuteur de Strasbourg, au Discours de M. Thomas.

Monsieur,

M. le Comte de Clermont devoit, en sa qualité de Directeur, présider à l'Assemblée d'aujourd'hui, mais le dérangement de sa santé l'empêche de s'y rendre. Je me trouve donc chargé de tenir sa place, & sur-tout d'être l'interprète de ses regrets & de ses sentimens inaltérables pour l'Académie. Ceux dont je suis moi-même pénétré pour elle, me rendent cette fonction chère, & ce sentiment me facilite le moyen de m'en acquitter.

Le Public qui vient de vous entendre, Monsieur, applaudit, & comme votre juge, & comme le nôtre, aux suffrages qui vous ont appelé parmi nous. Vous venez vous-même d'exposer vos titres avec autant d'énergie que de vérité. Quand on remplit avec distinction les devoirs de son état, on en parle toujours dignement. Une ame sensible se pénètre des objets vers lesquels son goût l'entraîne,

& les fait aimer par la chaleur avec laquelle elle fait les préfenter. Appele intéreffoit en parlant de fon Art, & Cicéron, en faifant le portrait de l'Orateur, pouvoit-il n'être pas éloquent?

En peignant l'Homme de Lettres Citoyen, vous n'avez eu, MONSIEUR, qu'à exprimer les fentimens gravés dans votre cœur. Vous vous êtes fur - tout attaché à faire envifager les Lettres fous leur rapport avec le bien public. Il eft beau fans doute d'étendre les lumières de fon fiècle, & d'en perfectionner les mœurs; mais ce rôle intéreffant & fublime n'eft confié qu'à ces hommes rares pour qui l'Être Suprême a réfervé les dons du génie. Les Lettres ont un mérite moins éclatant, mais plus univerfel, celui de faire le bonheur de ceux qui les cultivent.

Le goût des Lettres, dit l'Orateur Romain, eft propre à tous les temps & à tous les âges. La jeuneffe y trouve l'aliment de fon activité, la vieilleffe l'oubli des biens qu'elle a perdus, & le foulagement des maux qui l'affiègent. Le favori d'Augufte s'arrachoit fouvent au tumulte des affaires & aux troubles de la Cour pour venir refpirer auprès de Virgile & d'Horace. L'Homme d'État envioit dans ces momens le fort de l'Homme de Lettres, & le Courtifan avoit quelquefois befoin d'être confolé par le Philofophe.

Le Sage ne connoît ni le vide, ni le cruel ennui

de soi-même ; il sait le prix du temps, & l'emploie à cultiver en paix les Lettres & sa raison. Il ne s'expose ni à l'orgueil du crédit qui veut protéger, ni à l'orgueil du crédit qui s'irrite de ce qu'on le dédaigne. La vérité fait son étude & sa force. Il s'est formé avec la chaîne de ses pensées un caractère de grandeur & d'immobilité que rien n'ébranle & que rien n'altère. Toujours calme au sein même des orages qui le menacent, il plaint les perturbateurs sans les craindre ni les braver, & tandis que tout s'agite, ou se bouleverse autour de lui, son ame tranquille se livre aux douceurs de l'étude & jouit des consolations de la vertu.

Vous avez des droits, Monsieur, & à la gloire que donnent les Lettres, & au bonheur qu'elles assurent. L'Académie, en vous accordant ses suffrages, a voulu récompenser des talens utiles, & couronner des vertus connues. Des Prix remportés avec éclat, des applaudissemens mérités, l'heureux talent de la Poësie réuni à celui de l'éloquence, l'estime publique, celle des gens de Lettres, tout follicitoit pour vous la place honorable que vous occupez aujourd'hui. Une louable émulation excitée par l'Académie a fait connoître vos talens, dans ces monumens durables que vous avez élevés à la mémoire de tant de grands Hommes. Vous avez fait plus : par l'enthousiasme avec lequel vous en avez parlé, vous avez fait connoître votre cœur.

Une ame médiocre ne conçoit pas aisément les vertus sublimes ; & si elle veut les peindre, elle les affoiblit.

Enfin, MONSIEUR, je dirois volontiers que nous avons cru entendre la voix de ces grands Hommes que vous avez loués, s'élever en votre faveur, & nous dire : » Il nous a peints comme s'il eût vécu » auprès de nous & avec nous. Il a parlé de nos tra- » vaux comme s'il les eût partagés lui-même. Il » nous a jugés comme nous demandons que la pos- » térité nous juge. Notre gloire est devenue la » sienne, puisqu'il a su la célébrer.

Il vous falloit tous ces titres, MONSIEUR, pour nous consoler de la perte que nous venons de faire. L'Académicien estimable que nous regrettons, cultiva les Lettres avec succès ; il en recueillit la gloire, & fut heureux par elles. Il les fit aimer à la Cour, & y inspira le goût de l'étude à d'illustres Princesses qui savent unir à l'éclat du rang & des vertus le mérite de la culture de l'esprit. M. HAR-DION porta dans sa conduite la simplicité noble qui fait le caractère de ses Écrits. Cette simplicité si louable est peut-être la seule ressource des grands Écrivains depuis que les rafinemens de l'Art semblent épuisés. Rien de plus rare, mais aussi rien de plus beau que l'accord du naturel & du sublime, de la noblesse & de l'aménité.

Vous nous montrerez, MONSIEUR, cet heureux

accord. Une imagination hardie & féconde a caractérisé les premiers essais de votre plume énergique & brillante. Ces premiers Ouvrages annonçoient en vous le germe de ce talent si précieux que la nature donne, il est vrai, mais qui se perfectionne par la réflexion & par l'étude; je parle de ce goût sage & épuré qui empêche le génie de s'égarer dans son essor, & qui le contient dans les bornes du naturel & du vrai. L'Académie a vu avec satisfaction ce goût s'accroître en vous par degrés. Et, dans ce Poëme si désiré, où marchant sur les traces de Virgile & d'Homère, vous avez de grandes passions à mettre aux prises avec de grands obstacles, les ressorts d'une politique sublime à développer & à faire mouvoir, les mœurs d'une nation nouvelle à peindre, toutes les finesses de l'art à cacher sous les traits du génie créateur; le Public attend que tout y sera subordonné aux règles du goût, & que la sévère critique y applaudira comme au chef-d'œuvre de vos talens perfectionnés. Ainsi lorsqu'une plante vigoureuse a jetté avec surabondance ses premières productions, la séve se calme, & l'arbre conservant toujours la même vigueur, ne se couvre de fleurs que pour donner autant de fruits.

F I N.